Holy Sophia cathedral

圣·索菲娅教堂

云湖霞/著

中国文联出版社
http://www.clapnet.cn

图书在版编目（CIP）数据

圣索菲娅教堂/云湖霞著.－－北京：
中国文联出版社，2015.3
ISBN 978-7-5059-9711-0

Ⅰ.①圣… Ⅱ.①云… Ⅲ.①诗集－中国－当代
Ⅳ.①I227

中国版本图书馆CIP数据核字(2015)第054030号

圣索菲娅教堂

著　　者：云湖霞

出 版 人：朱　庆

终 审 人：奚耀华　　　　　　复 审 人：周劲松

责任编辑：李　民　贺韵旨　　责任校对：傅泉泽

封面设计：三鼎甲　　　　　　责任印制：周　欣

出版发行：中国文联出版社

地　　址：北京市朝阳区农展馆里10号，100125

电　　话：010-65389142（咨询）65067803（发行）65389150（邮购）

传　　真：010-65933115（总编室），010-65033859（发行部）

网　　址：http://www.clapnet.cn

E－m a i l：clap@clapnet.cn　　heyz@clapnet.cn

印　　刷：北京凯达印务有限公司

装　　订：北京凯达印务有限公司

法律顾问：北京天驰洪范律师事务所徐波律师

本书如有破损、缺页、装订错误，请与本社联系调换

开　　本：710mm×1000mm　　　1/16

字　　数：150千字　　　　　　　印张：9.75

版　　次：2015年8月第1版　　　印次：2015年8月第1次印刷

书　　号：ISBN 978-7-5059-9711-0

定　　价：38.00元

序 言

　　2005 年 4 月的某天下午，去果戈里大街街角大台北的路上，意外看见了索菲娅教堂停滞在了空阔的广场，顿感时空转化，天灰蒙蒙的，教堂顶和广场上到处是白色的鸽子……想到了你对我的爱情殖民主义，已让我无家可归……你走的那天，我的心开始被记忆的凿子镂空：

《在路上》
爱无声，唇红眼朦胧
恨无语，心焦耳聪明
追，身太轻
归，怎觅魂

　　十年前我只是空空的想法，对你的思念是记忆中飘忽不定的加减乘除，后来我有了办法，现在我讲究方法，老天终会给我有个说法……
　　曾经的爱！
　　她曾经是谁这已不是我爱她的关键，关键是通过她，我懂得了爱，通过爱，我窥到了燃烧生命希望的全部，从而懂得如何去爱，去更加珍惜爱。
　　2004 年 11 月末，哈尔滨突来一场不可思议的雨，雨水沾地而成冰，感同于冰冻柿子浸入凉水解冻：

《冰城冬日落夏雨》
冬来得太早

反而留住了秋，留住了淡淡的夏
来装点这北国的魂

你太绝情，
反而冰封了你的美，你残留的爱
来加重我的伤

这入冬惊得一场雨来的蹊跷，耐人寻味
是不是
哈尔滨多年的寒冰哭出了一场十一月的夏雨
释放了一段情愫
采撷了一个银色的梦
还是天使的泪水
洒落在人间
渗进伤心的沃土
沁出带刺的冰花
那为何
美得是这样惊艳、离奇！

幸福的极致就是痛苦。爱情就是自我的痛苦达到了极致后孵化出来的另一种生命形式。我所认识的周围的人大都爱过，也都觉得真正爱过，觉得因为爱情都会为对方去舍弃点什么，其实那不是爱情，爱情的定义里没有任何关于悯怜的成分，除了痛到了极点，就是恨到了极点。其实我们身边的人大都值得去爱一遍，这一遍的时间长短取决于对方生命的全部品质，爱情完全可以通俗地去理解为耐性。失去了耐性，就失去了那极致的苦味，意味着爱已不在。其实大多数人会说爱情甜如蜜，那是懂得苦并苦过后才会有的感觉，是游鱼最先发现了空气——可笑的是，不能在爱里边存活的人竟最先发现了爱情的真谛，那却意味着死亡。
　　不光只有人会去爱，明白爱。其实，乌鸦，火烈鸟……它们的爱相

对于人而言，更为真挚，更能触及爱情的本质，任何一只乌鸦都会为曾经的爱拿出一生去守候，随便一只火烈鸟都可以为死去的伴侣撞上崖头。动物会为保全自己的生命去装死，人就不一样了，不但会装死，还会装蒜……《孔雀东南飞》里刘兰芝与焦仲卿之死，曹雪芹《红楼梦》里的黛玉之死。爱可以置人于死地，可以让人偏离这个大众世界。但人生却不能没有爱情，因为那定不是爱情的全部。

我看过一篇名为《蚁王之口》的文章，说的是并非所有带有翅膀的蚂蚁可以称得上蚁王，而是在长成后的不久必须要通过一个狭窄而又细长的通道，这样做是为了使翅膀得到充分的摩擦，从而让翅膀的每条脉络得到疏通。我想爱情就是如此！把守着青春的最后一个关口，一直在想爱情是什么，是过道也会是墓穴，并非所有的人都可以通过，也不是所有通过的人都会拥有可以遨游天空的翅膀。容你去爱的对方有着不能名状的唯一性！

那什么才叫做真正的爱情呢？

——"就是在最不该发生的时间发生在了最不该发生的人身上！"

I came across St. Sophia Church in the spacious square, on the way to Taipei Rd. of Gogol Street on one afternoon of April 2005, suddenly feeling as if the time and space transformed in the grey sky, white pigeons scattering on the square and church top... Your love colonialism has left me homeless already...The day you left, I drew down some versicles:

On the Way

Silent love, red lips and blurred eyes,

Wordless hatred, anxiety with a quick ear.

Too light to catch up.

Too puzzled to retrieve the soul.

A decade ago I had only fantasy and wavering missing of you, then I got the way out, and now method does count to me. God will show the result one day...

I figured out in the previous love, it doesn't matter who she was, and the point is she made me get to understand love, to know how to love and cherish love more through burning the life hope. Making people feel like frozen persimmons thawing in the cold water, a sudden rain in Harbin in late November of 2004 incredibly froze shortly after its falling:

Summer Rain, Winter Date, in An Icy City

Summer Rain, Winter Date, in An Icy City
While coming too early.
Winter kept autumn, and slight summer,
To decorate the Northland.

Your heartless,
Frozes your charm and residual love,
Aggravating pains of mine.

Such a sudden rain, in early winter, much for thought,
Whether or not,
Due to years of ice in Harbin, let winter see summer rain burst out?
An affection released,
A silver dream embraced,
Or, are the tears of Angels,
Sprinkled on the earth,
Or soaked into the soil?
for thorny ice flowers blooming.
How it comes out such beauty,
striking, amazing and of fantasy!

The extreme of happiness is another form of suffering, while love is another life way after the extreme self suffering. Most of the people around me have loved, thinking they have truly experienced love and willing to give up something for the loved ones. It's not love actually, since there is nothing of pity in love but extreme suffering or hatred. Most people around us deserve our love indeed, while the length of time depends on his/her comprehensive quality of life. Love can be interpreted as patience; the extreme bitterness disappears without patience, and love fades. Most would say love is sweet as honey, but it's the feeling only after understanding and experiencing bitterness. It is the fishes that found air first, which explains it's those cannot survive in love that found love first since it implies death.

Simply it's not just human being can and knows love, because the love of crows and flamingoes is relatively more genuine in fact, closer to the nature of love: any crow would keep waiting for the loved one throughout its whole life; any flamingo would hit the cliff for the past beloved. Unlike animals feigning death for self protection, human could feign not only death but ignorance...People could be led to die or deviate from the mass public: the death of Liu Lanzhi and Jiao Zhongqing in The Peacock Flies Southeast, the death of Daiyu and later Baoyu becoming a monk in Cao Xueqing's A Dream of Red Mansions in Qing Dynasty (1636-1912). Nevertheless, love is indispensible to life since that is just a part of love.

Once I read the article of The Mouth of Queen Ant and came to know not every ant with wings could be the queen ant unless they could pass the long and narrow channel after grown up, which could smooth each pulse of the wings with full friction. I guess it works in love. At the last gate of youth, you may wonder what love is. It could be a passage or tomb since not everyone could pass it and passing it does not necessarily mean the wings bringing you to the sky. The loved one is indescribably unique. So what is true love? It is the most impossible person in the most unlikely time! None is dispensable.

聖・ソフィア聖堂

　　2005年4月のある午後、ゴガリー・ストリートの街角にある大台北へ向かう途中、意外にもソフィア聖堂がひらけた広場に立ち止った姿が目に入り、瞬時に時空が転化したような感覚に襲われた。空はどよんでいて、聖堂屋上や広場はあっちこっち白いハトが飛んでいた。…君からなされた愛情植民主義が思い浮び、もう帰る場所がどこもない…君が去って行ったその日、ぼくは詩を書いた

　　『道の途中で』
　　愛しさは音もなく、唇は赤く目は朦朧としている
　　憎しみに言葉はなく、心焦がれて耳は聡明である
　　追うには身が軽すぎる
　　帰るとしたら、如何に魂に巡り合えるだろう

　　十年前はただの考えだった、君への思いは浮き沈み定まらない足し引き算・割り掛け算だった、そして私は方法を見つけ、今は方法を講じている。お天道様がきっと結果を教えてくれるだろう…私はかつての愛しか知らない、彼女が誰であったかはもはや彼女を愛する肝心ではない、肝心なのは彼女を通じて愛を知った事、愛を通じ、命と希望のすべてを燃やし尽くすことがのぞき見えたこと、それによって如何に愛し、如何に愛をいとおしむかを学んだ。2004年11月末、ハルピンの突然の雨はとても不思議で、雨水は地面に触れてすぐに氷結する、その感覚は、凍らせた柿を冷水に浸し解凍した時のようだ：

　　『氷城冬の日に夏雨が降る』
　　冬が来るのが早すぎて
　　反って秋を、淡い夏をも引きとどめた
　　この北国の魂におめかしをするために

　　君は愛想を尽くし
　　反って君の美しさ、君の残留した愛を凍結封印した
　　私の傷を深めるために

この冬入りに驚くべきか雨が降った、不思議で

興味深い

もしかしたら

ハルピンの長年の寒さが十一月の夏雨を泣

いたのだろうか

本心を釈放して

銀の夢を採集した

それとも天使の涙だろうか

人の世に零れ落ち

傷心の地に滲みこみ

とげをもつ氷の花を咲かせたのだろうか

ならば何故

これほどまで妖艶で、突拍子もないのだろ

うか！

幸せの極まりは、痛みや苦しみのもう一つの形態である。愛とは、自己の苦痛が極限に達して孵化したもう一つの命の形なのである。私の知っている周囲の者たちは大抵愛の経験があり、自分が本当に愛したことがあると皆思っている。そして愛ゆえに相手のため何かを手放す必要があるのだと思っている。しかしそれは愛などではない、愛の定義にはいかなる憐憫の要素なども含まれていない。痛みが極限まで達するか、恨みが極限まで達するかなのである。我々の身辺の者たちは皆等しく一度は愛すべきなのである、しかしこの一度という時間の長さは相手の命の全品質によって決まる、愛とは単純に忍耐と理解してよいだろう。忍耐を失うということは、あの至極の苦味も失われるということであり、愛がもう、存在しないということを意味する。大勢の人は、愛が蜜のごとき甘しというが、それはまず先に苦味をしり、味わった後に生じる感覚だ、泳ぐ魚が先に空気を見つけたように、わかりやすくいってしまえば、愛の中で生き延びられない人間が先に愛を見つけたのだ、なぜなら、それが死を意味しているから。

　　単純に言えば、人間のみが愛し、愛を知るわけではない。カラスも、フラミンゴも…それらの愛は人間のそれと比べれば、より真摯で、愛の本質に触れている。どんなカラス一匹引っ張り出しても、かつての愛のために一生をかけて付き添うし、フラミンゴもまた、死んでしまった相手のため崖に衝突死までもする。動物は、保身のため死んだふりをするが、人間は違う。死んだふりがするし、猫までかぶる…『孔雀東南飛』における劉蘭芝と焦仲卿の死や、清王朝に至っては曹雪芹氏の描いた『紅楼夢』における黛玉の死、宝玉はまだ俗離れした方だろう――出家して僧になったのだから。愛は人を死の地へと追い込めるし、人を濁世から遠ざける。しかし人生は愛がなくては成り立たない、それが愛のすべてではないからだ。

　　『蟻王の口』という文章を読んだことがある、羽の生えた蟻がすべて蟻の王となれるわけではないと記されていた。蟻は羽を生えた直後に狭くて細長い通路を通らなければならない。それは羽を十分に摩擦して羽の脈絡を疎通させるためだ。愛もまた然りではないだろうか！青春の最後の関署を守りながら、愛とは何かと思案に暮れている。通路でもあり、墓穴でもある、すべての人が通れるわけではなく、すべての通った者が天空を駆ける翼を与えられるわけでもない、あなたの愛を受け入れるべき相手は、形容しがたい唯一性を持っている。ならば、真の愛とは何か？――「もっとも起きてはならない時刻にもっとも起きてはならない人間の身に起こる」ことである！この二大前提一つとしてかけては成り立たない。

　　2005년 4월의 어느날 오후, 과과리대가(果戈里大街) 길모퉁이의 대대북로 가는 길에서 우연하게 소피아성당이 넓디넓은 광장에 우뚝 멈춰져 있는걸 보았다. 홀연 시간과 공간이 바뀐듯하고 하늘은 어둑어둑하게 느껴졌고 성당꼭대기와 광장에는 흰색 비둘기가 득실거렸다. 당신이 나에게 준 식민주의적 사랑이 연상됐다. 나는 더 이상

돌아갈 곳이 없었다……당신이 떠난 그날, 난 한편의 짧은 시를 썼다.

　　<< 길에서 >>
　　사랑은 소리가 없더라 입술은 빨갛고 눈은 몽롱했으니
　　원망은 말을 하지 않더라 속은 타고 귀는 밝으니
　　쫓아가려 하지만 몸이 너무 가볍고
　　돌아가려 하지만 넋을 어찌 찾으랴

　　10년 전의 난 아무 생각도 없이 텅텅 비었었다. 그때 당시 당신에 대한 그리움은 걷잡을 수 없는 가감승제법이었다. 그 후로 차차 방법들이 생각났고 지금은 방법의 타당성을 고려해보곤 한다. 신께서 언젠가 확답을 줄 것이다…… 난 오직 지난날의 사랑만 알고 있을 뿐, 그녀가 누구였는지는 더 이상 내가 그녀를 사랑하는 중요한 원인이 아니었다. 중요한 것은 그녀를 통해 내가 사랑을 깨달았고, 사랑을 통해 삶의 희망이 타오르는 전부를 알게 되었다는 것이다. 그 과정에서 어떻게 사랑을 해야 하는지 알았기 때문에 더더욱 소중히 여기게 된 것이다. 2004년 11월말, 하얼빈에 갑자기 퍼부은 비는 사람을 의아스럽게 하였다. 빗물은 땅바닥에 떨어지면서 얼음이 되었다. 마치 얼린 감을 찬 물에 넣어 녹이는 듯 :
　　<< 얼음도시 겨울에 여름비가 내리네 >>
　　겨울이 너무 일찍 다가왔지만
　　오히려 가을도 잡아두고 담담한 여름도 남겨놓아
　　북국의 혼을 장식했었다
　　당신이 너무 야박하지만
　　오히려 당신의 아름다움을 얼음으로 뒤덮었고, 당신이 남겨준 사랑이
　　나의 상처를 더욱 무겁게 했었지
　　놀랍게 닥쳐온 이 겨울의 비가 수상쩍어 자세히 음미할 가치가 있다

그렇지 않는가

하얼빈의 여러 해에 걸쳐 얼은 찬얼음이 울어서 11월의 여름비가 되여 내리며

한 단락의 감정을 석방하게 하였고

은색의 꿈을 따게 했다

천사의 눈물이

인간세상에 뿌려져

슬픔에 잠긴 기름진 땅으로 스며들었고

가시 달린 얼음꽃을 맺히게 하였다.

그런데 어찌하여

이토록 아름답고, 기괴한건가!

행복의 극치는 고통의 다른 한 형태이다. 사랑은 자아의 고통이 극치에 도달한 후 부화된 또 다른 생명의 형식이다. 내가 알고 있는 주변의 사람들은 대부분 사랑을 해봤다. 또한 다들 진정으로 사랑했다고 여긴다. 사랑 때문에 모두 상대방을 위해 무언가를 포기한다고 여긴다. 사실 그것은 사랑이 아니다. 사랑이라는 정의에는 그 어떤 연민이란 성분이 없다. 오직 고통이 극에 달하는 것 아니면 원한이 극에 달하는 것뿐이다. 사실 우리 주변의 사람들 대다수가 한번쯤 사랑을 해 볼 필요성이 있다. 하지만 그 한번이라는 시간의 길고 짧음은 상대방 삶의 전부의 질을 결정하게 된다. 일반적으로 볼 때 사랑은 완전히 인내심으로 이해할 수 있다. 인내심을 잃으면 극치에 달하는 쓴 맛을 잃은 것과 같아 사랑이 이미 그곳에 있지 아니함을 의미한다. 사실은 대다수 사람들이 사랑은 꿀같이 달콤하다고 하는데 그것은 쓴맛이라는 것을 알고 있으며 또한 그 고통을 겪은 후에야 느낄 수 있는 맛인 것이다. 마치 헤엄치던 물고기가 가장 처음 공기를 발견한 것과 같은데 간단히 말하자면 사랑 속에서 살아남지 못하는 사람이 가장 먼저 사랑이 뭔지를 발견하는데 그것은 죽음을 의미하기 때문이다.

쉽게 말하자면, 사람만이 사랑을 하고 사랑을 아는 것이 아니다. 사실 까마귀, 홍학… 그들의 사랑은 사람보다 더욱 진지할 뿐만 아니

라 사랑의 본질에도 더더욱 가까이 와 닿는다. 그 어떤 한 마리의 까마귀일지라도 모두 한평생을 들여 지난날의 사랑을 지키고 그 어떤 홍학일지라도 모두 죽어간 상대방을 위해 절벽에 부딪혀 죽을 수 있다. 동물은 자신의 생명을 지키기 위해 죽은 척 하지만, 사람은 그렇지 않다. 죽은 척 할 줄 알뿐만 아니라 시치미를 뗄 줄도 안다……<공작새 동남행>속의 류란지와 초중경의 죽음, 청나라 때의 조설근선생 붓끝에 작성된 <홍루몽>속의 임대옥의 죽음, 그리고 보옥은 꽤 해탈하다고 할 수 있겠다 – 출가하여 중이 되었으니까. 사랑은 사람을 사지에로 몰아넣을 수도 있고, 사람으로 하여금 인간세상을 벗어나게 할 수도 있다. 그렇지만 인생에 사랑이 없어서는 안 된다. 그것은 사랑의 전부가 아니기 때문이다.

　　<여왕개미의 아가리>라는 글을 읽은 적이 있다. 그 내용은 날개가 달린 모든 개미가 여왕개미라고 불리는 것이 아니라 자란 뒤 얼마 지나지 않아 반드시 하나의 좁고도 가늘며 긴 통로를 지나가야 하는데 이렇게 하는 것은 날개가 충분한 마찰을 가진 후 그것의 날개에 있는 매 한 가닥의 맥락이 소통되게 하기 위해서이다. 내가 생각하건대 사랑도 이러할 것이다! 청춘의 맨 마지막 통로를 지키고 있는 현재 사랑이 무엇인지를 항상 생각하곤 한다. 통로로 될 수도 있고 무덤이 될 수도 있어 모든 사람이 다 통과할 수 있는 것도 아니고 모든 통과한 사람이 하늘을 날수 있는 날개를 가질 수 있는 것이 아닐 뿐만 아니라 당신으로 하여금 사랑하게 하는 상대방은 묘사할 수 없는 유일성을 가지고 있는 것! 그렇다면 진정한 사랑은 무엇일까? – '그것은 가장 아닌 시간에 가장 아닌 사람한테 일어나는 것'이 두 가지 조건 중 하나라도 부족해서는 안 된다.

1

帝国主义的教堂
装不下我被奴役后的愿望
我独自——独自装模作样
独自在城市里悠荡
去找一个你不曾掠夺过的地方

A church from the imperialistic time,

cannot accommodate desires of mine, as a slave.

Solely and lonely, with my own pose,

I keep wandering in the city alone,

going for a place free from your pillage.

帝国主義の聖堂には

私が奴隷のように使役された後の願望を収めることはできない

私は独りで――独りで勿体振りながら

独りで市街を巡る

まだあなたに略奪されていない場所を求めて

제국주의 성당은

노역 당한 나의 소망을 담을 수가 없었다

나 홀로 – 홀로 허세를 부리며

홀로 도시 속에서 거닐면서

당신이 약탈한적 없는 곳을 찾으리라

2

透过礼堂天窗的阳光

移到了我的脸上

着实让我有些惊慌

是你敛起了天使的翅膀

下来——拣我鳞落一地的凄凉

Through hall skylights, sunshine,

moves on my face,

Really, I am quite scared.

Are the angel wings of you folded?

And you land own, to pick up my loneliness, as scales so scattered.

聖堂のステンドグラスから差し込む光が

私の顔に降りかかる

いささか慌ててしまった

あなたが天使の翼を収めたのだろうか

舞い降りて——私の、あたり一面に零れ落ちた寂寥を拾いに

강당의 천창을 꿰뚫은 햇빛이

내 얼굴에 닿았다

나는 흠칫 놀랐다

당신이 천사의 날개를 흘날린 것인가

내려오렴 - 땅바닥에 한 가득 떨어뜨린 내 처량함을 주워다오

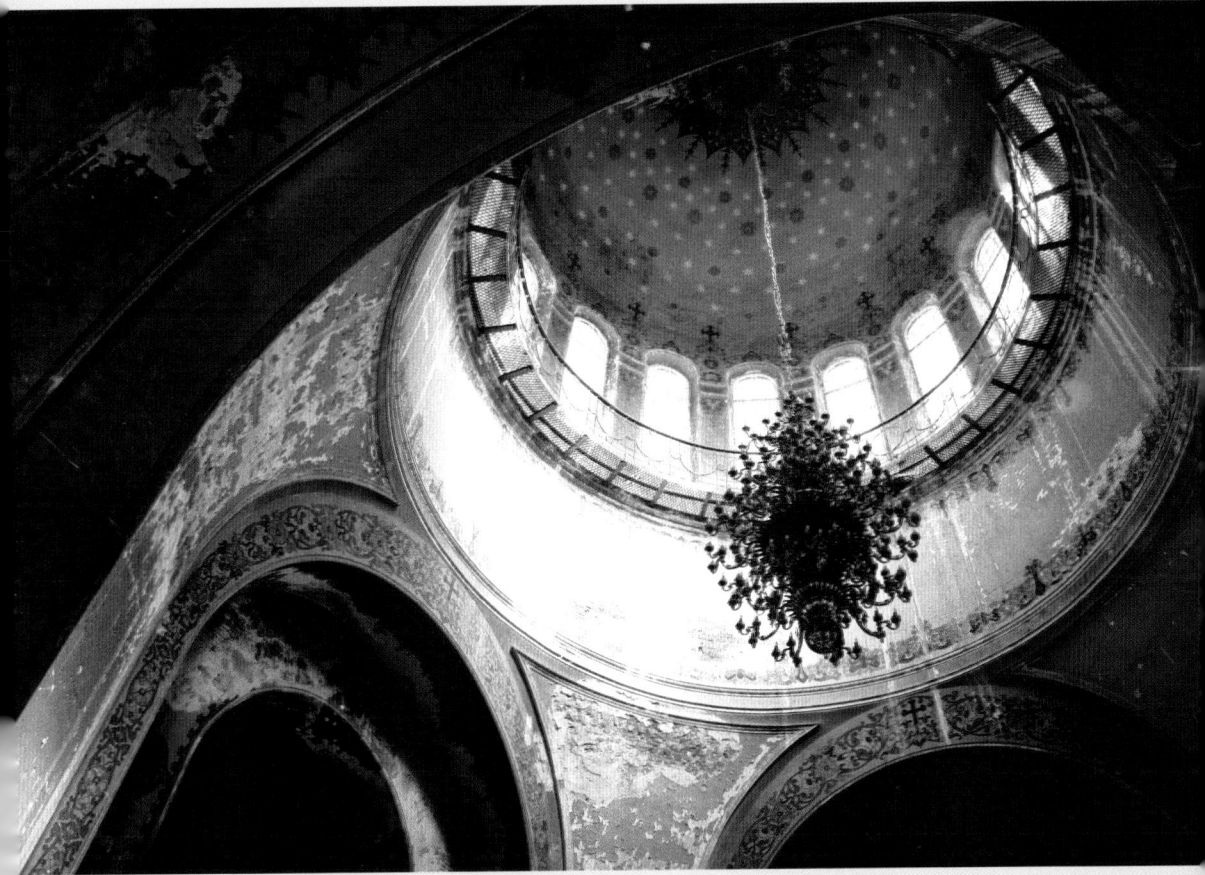

聖・ソフィア聖堂

3

我困在情爱的中央
一如这——沙皇士兵征战的雕像
如今却伫立（穿越）在社会主义的广场
人来人往，嘈嘈车流喇叭响
落寞的人还在唱着梦想

Trapped inside by love,

I am just the statue of this czar soldier,

a former warrior, now standing (traversing) in the socialist square.

Crowds coming and going, with motor trumpets floating,

for their dream, such lonely people are still singing.

私は愛の中央に閉じ込められている
まるでそう——この戦に赴くツアーリ兵士の彫刻のように
今では社会主義の広場に佇む（行きかう）始末
人は行きかい、車の流れはうるさくラッパ音が満ちている
さみしい人はいまだ夢を謳っている

난 사랑의 중앙에 갇혔다
싸움터로 나간 차르군 조각상이
사회주의의 광장에 우뚝 서있는 (세월을 꿰뚫어 지나서) 것처럼
오고 가는 사람들 , 시끄럽고 요란한 차들의 경적소리
쓸쓸한 사람은 아직도 꿈을 노래하고 있다

聖・ソフィア聖堂

4

鸽子也感知了人世间的忧伤

小心地在浅吟在低唱

——还是收拾好行囊

带足干粮

去找一个你不曾掠夺过的地方

Seemingly being aware of sorrows in the world,

pigeons are also carefully humming,

So let me pack up my bags,

with enough dry food,

going for a place free from your pillage.

ハトもまた人世の悲しみを知ったのだろう

慎みながら低く吟唱している

——やっぱり支度をすることにしよう

食料を十分に詰めて

まだあなたに略奪されていない場所を探しに行こう

비둘기도 인간세상의 우울함을 느낀 채로

조심스럽게 낮은 소리로 읊고 , 노래한다

- 그래도 짐을 싸들고

비상식량을 충분히 챙긴 채로

당신이 약탈 적 없는 곳을 찾으리라

上 篇

5

先去新疆，还是西藏
曾经温润的碧波荡漾
如今演变成了辽阔的沙场
风还是会为海殇
向过路的人倾述爱的衷肠

Whichever the first destination, Xinjiang or Tibet?
Those past ripples, green and gentle,
already evolved into the current battlefield, so ample.
Still mourning for the sea,
The wind is expressing passions of love, to whomever passing by.

新疆とチベット、先にどちらへ向かおう
かつて穏やかに揺れし青波は
今では広々とした砂漠へと変わってしまった
風はやはり海のために悲しみ
道行く人々に愛の真意を伝えている

먼저 신강으로 갈 것인가 티벳으로 갈 것인가
온화했던 지난날 넘실거리던 푸른 물결은 지금
끝없이 넓은 모래 벌판으로 변했건만
바람은 여전히 바다를 위해 울부짖고
길가는 사람한테 진심 우러러 사랑을 얘기하는구나

6

风因爱被判四处流亡

我也蜷缩在活动板房里的单人床

这样大的风在这里要习以为常

要心平气和待到天亮，或是后晌

现实的遒劲荒凉，把我们停靠在了大陆的中央

Due to love, wind was sentenced to exile,

Due to love, I curled up in a single bed of portable dwelling.

Here, despite powerful wind, to which I must be accustomed,

and stay in calm, until dawn or next afternoon.

Tough and desolate, the reality carried us,

and rightly docked in the continental center.

風は愛ゆえに浮浪の刑に処された

私もまたプレハブハウスのシングルベッドに縮こまっている

これほどの強風もここでは慣れなければいけない

心穏やかに夜明けまで待つ、あるいは夕暮れまでか

現実は力強くて荒涼として、我々をこの大陸の中央へとどめている

바람은 사랑 때문에 사처로 방랑하는 벌을 받고

나는 컨테이너하우스의 일인용 침대에 움츠리고 있다

이토록 큰바람일지라도 일상이거니

편안하게 날이 밝기까지 혹은 저녁까지 기다려야 한다

현실은 우리로 하여금 대륙의 중앙에 잠시 머물게 한다

7

夏虫不可语冰凉

秋得遍地金黄，或是悲情的新娘

遗失了青春的衣裳

褪去了华夏的盛装

落得萧萧枯黄

Before summer insects, no mention of the coolness of ice,

In autumn, such golden color over the land appears like a tragic bride?

For she lost her youth clothes,

With costumes faded,

The nation becomes withered and yellow.

夏虫は氷冷たさを語ることはできない

秋は一面を黄金に染まる、あるいは悲しげな花嫁が

青春の衣装を失い

華夏の晴れ着を脱ぎ捨て

ただ枯れ黄が寂しく残っている

여름벌레와는 차가움을 논해서는 아니 되고

가을이 얻는 것은 온천지의 황금색이거나 슬픔에 빠진 신부이다

청춘의 옷을 잃고

한여름의 화려한 옷을 벗고

시들어버린 누런 잎이 우수수 떨어지게 한다 .

聖・ソフィア聖堂

8

我在想你的时候，你会不会像我一样

爱恋会使夜太长

心疼莫过于梦里与你相会——天却会亮

点滴奢望

把未说的话再一次深藏

Is there any time for us two, missing each other,

Love has to endure nights too long.

How bitter it is, upon each dawn, our date in dream shall end.

With some wild wishes,

I keep deep inside again, some words not yet uttered.

私は君を思うとき、君も私と同じことしているだろう

愛は夜を長くする

この世に一番虚しいことは——夢で君と出会ったのに夜が容赦な

く明けてしまうこと

僅かな過分の望みを抱いてしまい

言葉にできなかった言葉をもう一度深く胸にしまい込む

내가 당신을 그리워할 때, 혹여 당신도 나와 같을까

그리움의 밤은 너무 길다

가슴 아픈 일은 바로 꿈속에서 당신과 만났지만 – 날이 밝는 것이다

사소한 분에 넘치는 욕망을

차마 말하지 못한 말을 다시 한번 깊게 묻어버린다

聖・ソフィア聖堂

9

如果命运非要摧残我的信仰
击落我所有美好愿望
请带走那原本不属于我——在你们编织下的天堂
但一定要保留我对爱情的勇敢向往
爱情对于我来说诚如鱼儿要面对空气——即便那意味着死亡

Should my faith be destroyed by the destiny,

with all my good wishes to be cracked down,

Take away all that did not belong to me, and leave for the heaven of your own.

However, be sure to maintain-my brave longing for love,

As the air embracing a fish, also trapped this way, I do accept such fate.

運命がどうしても私の信仰を打ち壊そうとするなら
私のすべての美しい願いを撃ち落そうとするなら
どうか一緒に私に属するはずもなかった——あなたたちの織りなした天国も連れさって下さい
ただどうか私に愛と立ち向かう勇気だけを残しておいてください
私にとって愛とは、魚にとっての空気と同じ——
たとえそれが死を意味しようとも

운명이 기어코 내 신앙을 학대하려 한다면
내 모든 아름다운 소망을 부셔버리려 한다면
나한테 처음부터 나의 것이 아닌 – 당신들이 짜놓은 천당을 가져가거라
다만 사랑에 대한 내 용감한 열망은 남겨다오
사랑은 나한테 마치 물고기가 공기를 만나는 것과 같으니 – 그것
이 죽음을 의미할지라도

聖・ソフィア聖堂

10

诗人的惆怅，化泪成琼浆
滴滴落入内心——那是多情肥沃的土壤
生得出珍珍篇章，做药可断肠
贬谪江州的路上，抱着湘灵的模样
好让自己痛哭一场，老泪不成行

A poet turned his melancholy into tear drops of nectar,

falling into the heart, a land so amorous and colorful,

A poet turned his melancholy into precious essays, and heartbroken antidotes,

A poet staggered on the way to Jiangzhou, holding the body of his lover, Maid Xiang Ling,

A poet couldn't help wailing, with his tear drops melting into nectar.

詩人は悲しみに落ち込み、その涙は甘い酒となろう

ひとしずくまたひとしずくと心に落ちる——そこは多情で肥える土地である

美しい珠玉を生み出すこともできれば、断腸の劇薬にも変わる

左遷され江州へ向かう途中、湘霊を抱きかかえる姿

どうも大いに泣かせられ、年老いた涙がポロポロとあふれ出る

시인의 구슬픔은 눈물 되여 향기로운 술로 되어

방울마다 마음속 깊은 곳에 떨어진다 –그것은 다정한 성격이 자라나는 비옥한 토양이었다

아름다운 글이 자라나고, 약으로 먹으면 사람으로 하여금 고통스럽게 하여 한없이 슬프다

폄적되여 강주로 가는 길에 상령이라는 신선을 안고 있음을 환상한다

자신더러 실컷 울게 하고 싶지만 눈물은 없고 가슴만 쓰라리네

11

多情的唐明皇，

溢满黄河到洛阳

牡丹国色天香

名剑化为苏娟

腰斩盛唐，百姓遭殃

So romantic, that Emperor Tang-minghuang is!

From Yellow River to Luoyang, his passion overflows.

Heavenly aromatic peonies,

accompany frivolous ladies, thereby softening swords,

So the Tang Dynasty declines, while the mass suffers.

多情な唐明皇

黄河を洛陽まで満たしあふれさせ

牡丹は国色天香。

名剣は苏娟へと化し

栄えた唐を胴切りにし、百姓には災いが降りかかる

감정 많은 당현종

황하가 락양 (洛阳) 에까지 넘치게 해

그 모란꽃은 국색천향이라지만

명검이 창녀로 되여

흥성한 당조를 요절시켜 백성이 재난을 입었다

聖・ソフィア聖堂

12

这样的命运历经千年纵不能被原谅

可都是前边儿下葬

后边儿紧跟着歌唱

在爱的路上，鲤鱼跃龙门版瞬息辉煌

多是惨淡收场

Though after millennia, such a fate cannot be forgiven,

the left is crying,

while the right is singing;

The way of love witnessed, so many momentary glories,

which ends up with gloomy memories.

かような運命は、千年を経ても許されることはない

しかし埋葬を行ったとたん

すぐに歌いだす

愛の道のりで、鯉の登竜門のような恋は一瞬して煌めき輝くが

その多くはみじめな末路をたどってしまう

이러한 운명은 천년을 지나도 용서받을수 없다

모두들 앞에선 관을 땅에 파묻고

뒤에선 바싹 따라 노래하고

사랑의 길에서는 마치 잉어가 용문판을 뛰여넘는것마냥 순간은

눈부시지만

거의 참담하게 끝을 본다

聖・ソフィア聖堂

天上凤求凰

水中鸳戏鸯

昙花绽放

空对月光

形单——影只——赤绳理连成双

Phoenix lovers in heaven,

and affectionate bird couples in water,

are transitory, like blooming epiphyllous,

Under the moonlight there stand empty singles,

awaiting the Heavenly Matchmaker to match pairs.

天上で鳳が凰に求愛し

水中でオシドリ夫婦が戯れあっている

月下美人は咲き誇り

虚しく月明かりに向かう

孤独な姿は目に焼き付き、赤い糸は対をなし結ばれるはずなのに

하늘에선 봉황이 짝을 찾고

물속에선 원앙이 장난을 친다

월하미인도 피어나지만

그저 달만 쳐다볼 뿐

홀로 붉은 선을 한 쌍으로 묶을 수밖에 없다

14

我的过往，能否见个光
走在前面的那个姑娘
还留在我心上
她刚停在我身上的目光
扫空了我的胸膛

Excuse me, people coming and going,

May you tell me, where is the lass rightly walking past.

I still keep in mind her image,

For her glance off me,

has entirely seized my heart.

私の過去よ、ちょっと顔を出してくれないか
前を行くお嬢さんは
まだ私の胸の中にとどまっている
今しがた私に当てられた彼女の眼差しに
私の胸中は一掃された

내 과거는 빛을 볼 수 있을려나
앞에서 걷는 여인은
아직도 내 맘속에 남아있는데
아까 내 몸에 멈춘 그녀의 눈빛은
내 가슴을 깨끗이 씻어 내린다

上

篇

15

真的有那样的村庄
家家有个姑娘房
在那儿森林的边上
幸运的人会看到雾似的一团光芒
里边有一对悠闲吃草的山羊

There is really such a village,

where families all prepare the room for every maid;

There, at the edge of forest,

Fortunate people will see foggy rays of light,

inside which, gazing leisurely there is a pair of goats.

本当にそんな村があるのだろうか

家々に姑娘房あるなんて

あの森の界隈に

幸運な人は霧のような一筋の光を見ることができるだろう

その中には悠遊に草を食べる一対の山羊たちがいる

정말 그러한 마을이 있다

집집마다 여인들의 방이 있는 마을

그 수림의 끝에서는

행운한 사람들은 안개 같은 빛을 볼 수 있다

그 안엔 여유롭게 풀을 뜯는 한 쌍의 염소가 있다

聖・ソフィア聖堂

16

老人说那就是天堂
花儿不用枯萎衰亡
人们远离烦恼、忧伤
美在于不在乎接着会怎样
也不在乎从前是那样

The old say that, there in the heaven,

flowers are free from wither or wilt,

while people stay away from trouble or sorrow;

Beauty is dependent on-no fear of the future to advent,

and no care about the past.

年寄りは言った、あれが天国だと
花は枯れず衰えず
人々は煩悩・憂鬱から遠ざかっている
美しさとはその先どうなるか気にかけず
過去がどうであったかも気にしないこと

노인은 그곳이 바로 천당이라고 한다
꽃들은 시들어 죽지 않고
사람들은 번뇌와 침울함에서 멀어진다
아름다움은 뒷이어 어떻게 되는것을 아랑곳하지 않거니와
예전에 그러한것도 아랑곳하지 아니한다

17

圣

索菲娅教堂

我爱的是如此真切痛畅

我把我的心肝五脏

早已送去火葬

只留下这个空的倔强

等待明天的彷徨

My passion is my pain, so real,

with all my guts and thoughts,

already sent for bourn-up;

Left behind nothing, but my adamancy of emptiness,

waits for tomorrow's hesitations.

私はこれほどまでに痛みながら愛していた

五臓六腑など

とうの昔に火葬した

空っぽになった意地張りだけを残して

明日の彷徨をまつのだ

난 이처럼 선명하고도 아프고도 거침없게 사랑하는데

나는 내 심장과 간 그리고 오장을

가져다 화장한지 오래된다

그저 빈 고집만 남겨두고

내일의 방황을 기다릴 뿐이다

上

篇

18

我就是要无数次的幻想
见你我要带上一对翅膀
因为我不敢停留在你的身旁
随时要远走他乡
会随爱过你的心一齐飞往——我梦想的殿堂

Longing for countless fantasies,

to see you, I must put on a pair of wings;

Because I dare not linger around,

and ready to leave for another land-

a dream palace, flying with my heart used to love you!

幾度何度と幻想する

あなたに会う時、私が必ず一対の翼を携えていく

あなたのそばに留まる勇気がないから

いつでも遠くに出られるようにして

あなたを愛した心とともに飛ぶのだ——私の夢見る殿堂に向かって

나는 무수히 환상을 할 뿐이다

당신을 만날 때 난 한 쌍의 날개를 가지고 가련다

난 당신 옆에 머무르기 무섭다

언제든지 멀리 타향으로 떠나야 하기 때문이다

난 당신을 사랑하는 마음과 함께 날아갈 것이다 – 내가 꿈꾸던 전
당으로

19

是不是你把想我的心思掺和进太阳

那为何我现在所有的烦恼都一扫而光

爱与不爱已被冻僵

等着暖暖冬阳

晒化我的心房

Having blended sunshine into my mind?

Or why all my troubles are gone with the wind?

To love or not, a matter frozen stiff,

is awaiting for, the warmth of winter sun,

to save me from coldness, of the grief tree.

私を思う気持ちが太陽に紛らわせたのだろうか

ならなぜ私の今のすべての煩悩は一掃されたのだ

愛するも愛さないもすでに凍結され

暖かい冬の日差しを待っている

傷心の大木の基では心冷えしやすい

날 그리워하는 마음에 태양이 껴들어왔나

그럼 왜서 내 모든 번뇌가 모두 없어졌는지

사랑하는 것과 사랑하지 않는 것은 이미 꽁꽁 얼어버렸다

따뜻한 겨울의 태양을 기다리고 있을 뿐이다

슬픔가득한 나무아래는 추위에 꽁꽁 얼어간다

20

苦恋般若（bō rě）松花江
是因为爱你而变得更加坚强
在爱的路上
谁不是一路风霜
去追赶驾驭理想的翅膀

Thank Songhua River for prajna of unrequited love!
because of my love for you, I become stronger;
On the way of love,
who have no ups and downs,
and managed to catch up with the ideal wings.

苦恋般若の松花江よ
あなたを愛するからますます強くなれるのだ
愛の旅路にて
誰でも辛酸を嘗め尽くし
理想の翼を追い求めていくのだ

사랑은 송화강을 넘을 수 있게 한다
그것은 당신을 사랑하기에 더욱 강하게 변하기 때문이다
사랑의 길에서
그 누가 바람과 서리 낀 길을 걸으며
이상의 날개를 쫓아가며 지배하지 아니하더냐

聖・ソフィア聖堂

21

苦恋般若（bō rě）嘉陵江

是因为想你而变得更加张扬

在爱的路上

谁不是将自己化妆

去演绎迷茫人生的惆怅

Thank Jialing River for prajna of unrequited love!

because of my love for you, I become more aggressive;

On the way of love,

who has no makeup,

to interpret the melancholy of lost life.

苦恋般若の嘉陵江よ

あなたを思うからますます明るくなれるのだ

愛の旅路にて

誰でも自分に化粧し、

迷える人生の嘆かわしきを演じるのだ

사랑은 가릉강을 넘을 수 있게 한다

그것은 당신을 그리워하기에 더욱 떠벌리게 변하기 때문이다

사랑의 길에서

그 누가 자신에게 메이크업을 한 채로

흐리멍텅한 인생의 실의를 나타내지 아니하더냐

聖・ソフィア聖堂

22

苦恋般若（bō rě）钱塘江

是因为懂你而变得更加荒唐

在爱的路上

谁不是心思不可斗量

去注往伤心爱情的海洋

Thank Qiantang River for prajna of unrequited love!

because of my love for you, I become crazier;

On the way of love,

whose mind is measurable,

and flows into the ocean of sad love.

苦恋般若の銭塘江よ

あなたを理解しているからますます馬鹿げてくるのだ

愛の旅路にて

誰でも計り知れない裏腹を持ち

傷つけられし愛の海へと注ぐのだ

사랑은 전당강을 넘을 수 있게 한다

그것은 당신을 알기 때문에 더욱 황당하게 변하기 때문이다

사랑의 길에서

그 누가 생각을 판단하지 않고

슬픈 사랑의 바다로 뛰어들지 아니하더냐

23

银河阻隔织女和牛郎

群山分割西王母与穆天王

要让自己变的不同凡响

就得事先选定好对象

好汉那都是要千锤百炼的精钢

As Galaxy dividing the heavenly couple,

or mountains dividing the West Queen and King Zhou Mu,

to become extraordinary,

for targets, you must be preparatory;

Each hero is well-seasoned steel.

銀河は織姫と彦星の間に割り行った

群山は西王母と穆天王を隔てた

自分を非凡な人間に育てるには

まず対象を事前選定しなくては

好漢というのは、皆切磋琢磨された鋼なのだ

은하수는 직녀와 견우를 갈라놓고

뭇산은 서왕모와 목천왕을 갈라놓는다

스스로 뛰어나게 만들자면

상대를 잘 골라야 한다

호걸은 모두 수많은 검증과 단련을 거쳐야만 하는 강철이다

24

镂空我的心做你的闺房
用我们的美好过往去装潢
首都有了新的梦想
能够天天晒晒太阳
大口大口呼吸氧

Free up my heart, to serve as your boudoir,
Apply our splendid past, to make better decor.
A new dream for the Capital-
warm sunshine available daily,
and free breaths for fresh air.

私の心を透かし彫りしてあなたの閨房にし
私たちの美しい過去で飾り付けをしよう
首都は新たな夢を持った
毎日のように日差しを浴び
思う存分酸素を吸い込むのだ

내 맘을 비어내 당신의 안방을 만들어 ,
우리의 아름다운 과거로 장식하리라
수도는 새로운 꿈이 생겼다 ,
매일마다 햇볕을 쪼이는 것이다 ,
산소를 팍팍 들이마시는것이다

聖・ソフィア聖堂

25

即便是老天都不会事事如愿以偿
更何况是小小的我怀揣着大大的愿望
天昏同地暗连成屏与障
我身与我心化为凤与凰
翱翔九天吞噬黑暗冲破假象

Even God can fulfill everything,

so let alone me, a peanut with large ambitions;

Murky sky and dark earth jointly constitute the screen and barrier,

while my body and my soul turn into phoenix lovers,

to soar over after breaking through such illusion of darkness.

たとえお天道様でもすべてがうまくいっているわけではない

まして大きな望みを抱えている、小さな私。

天と地は暗くどんよりとして障と壁となり

わが身と心は鳳と凰と化す

九天をも駆け巡り暗黒を飲み込み、見せ掛けを突き破るのだ

하늘이 일마다 뜻대로 이루지 못하게 할지라도

하물며 미약한 내가 크디큰 소망을 품고 있는데

어둑한 하늘은 땅거미진 땅과 함께 병풍과 장애로 이어지고

내 몸과 내 맘은 봉 황으로 변하여

구천을 비상하고 암흑을 삼키며 가상을 부순다

聖・ソフィア聖堂

26

前往九江，庐山东梁西廊南堂北江
山上桃花叶枯枝黄
山下桃花白坠渐渐闻香
山顶听到水声响，沟底石门巨石翻浪
莫非临川双才石汤

Across Mount Lu in Jiujiang City,

On the mountain, peach blossoms and leaves turn withered;

Downward, such flowers are gradually fragrant;

There are sounds of water on the peak, along with boulder wave on the bottom,

and is it because of two sages Wang Anshi and Tang Xianzu from the

ancient Linchuan County.

九江にむかう、廬山東梁西廊南堂北江
山上には桃の花は、葉が枯れ落ち枝が黄ばみ
麓には桃の花は、白く揺らぎかすかに香っている
山頂で水の音が聞こえ、谷間の石門では大波が巨石にぶつかって
散っている
臨川の両秀才王安石と湯顕祖なのだろうか

구강 , 로산의 동서남북 구석구석을 돌았다
산엔 복숭아꽃잎이 마르고 가지가 누렇게 되였고
산아래는 복숭아꽃이 흩날려 그 향기가 잔잔하며
산 꼭대기에는 물소리가 들리고 , 산골에서는 석문의 큰 바위가 물결친다
혹시 린촨의 (「川) 두 재능이 돌출한 남자 강기백석과 탕현조가 아닐까

27

我们注定会相遇在同一个地方
你也会主动大方
我们会翻过重山通过桥梁
却会因所既拥有的拖离至不同的方向
命运好捉弄这些美丽善良

Our encounter is doomed,

You will also be initiative and generous.

By mountains and bridges, we will pass;

But driven away by our karma, we will depart in different directions.

Upon those of beauty and kindness, the fate always teases.

私たちは同じ場所で出会うと運命づけられている

君もおおらかに振舞うだろう

私たちは山を越え橋を渡る

しかし自分が既に持つものによって違う方向へと引き裂かれてしまう

運命はどうやらこの類の美しき善きものをからかうのが好きらしい

우리가 같은 곳에서 만나는 건 운명처럼 정해져 있을 것이다

당신도 주동적이고 대범할 것이다

우리는 산을 넘고 다리를 건너지만

서로가 얻어가진 그 어떤 사물 때문에 서로 다른 방향으로 이끌려간다

운명은 이러한 아름다운 선량함을 갖고 장난치기를 즐긴다

28

前往宜昌
春涧泛油黄
云中隐藏了山的脊梁
高峡映着巨龙的模样
水在这里可以叫做钢

On the way to Yichang,

I can see spring waters downwards mountains,

of which mountain backbones have no appearance;

However, reflected by high gorges, there is the image of Chinese Long,

while water here can be called steel.

宜昌へ向かう

春の渓流は萌黄色にあふれ

雲の合間に山肩が隠れている

高い山峡は巨龍の姿を映し

水はここでは鋼と呼べるだろう

의창으로 떠난다

봄의 계곡은 기름진 누런 색을 띤다

구름 속으로 산등성이가 감춰졌다

높은 골짜기는 커다란 용의 모양이 비쳐있다

물은 여기서 강철이라 불린다

29

大地把对上天多余的爱汇成大江
流向海洋
大海把得不到的爱还给上苍
老天又把这份爱对着万物下降
传说中的神笔马良

Superfluous love for the Heaven, is merged by the land into rivers,
to the sea;
The sea gets back such love to the God,
who assign such love downward, for all beings on earth;
Therefore, there comes Ma Liang, with the Magical Brush in sagas.

大地はお天道様への有り余った愛を大川にまとめ
海へと流す
海は手に入らなかった愛を蒼天へ返す
お天道様は今度はこの愛を万物に降り注ぐ
伝説に聞く神筆の馬良だ

대지는 하늘에 있는 불필요한 사랑을 큰 강으로 모아
바다로 흘러가게 한다
바다는 받을 수 없는 사랑을 하늘로 다시 돌려보낸다
하늘은 또다시 이 사랑을 만물에게 뿌린다 .
전설중의 절묘한 필법을 가진 마량이다

30

费思量，在何方
这爱情，好迷茫
这么近，却不能回头再走一趟
我爱你——我又能把你怎样
我现在已经这样还有谁能把我恢复原样

No wander of the place,

for this love is rather confuse;

So close, yet without turn back for another round;

I love you, yet how I can get along?

Who can restore me from my deeds so wrong?

思量を費やし、どこにいるのだ
この愛、どうにも迷っている。
これほど近いのに、振り返ってもう一度歩み直すことなどできない
君を愛しているからといって、君をどうこうできよう
もうこんな姿に成り果てている私を、元通りにしてくれる人など
いるのだろうか

아주 오랫동안 공을 들여 이곳이 어디인지를 생각한다
이 사랑도 , 너무 막막하다
이렇게 가까이 있지만 뒤돌아 다시 걷지 못한다
내가 당신을 사랑하는데 당신을 어찌할 수 있겠는가
난 지금 이미 이렇게 되었는데 그 누가 나를 원위치에 돌려놓을
수 있겠는가

下 篇

31

要去云冈，还是去敦煌

巨大的佛像，背后是坚硬的石墙

像一枚硕大的印章

统治阶级只是在释放，聚集潜在不可控的能量

百姓烧香，福定不会降

To Yungang, or Dunhuang,

Behind huge Buddha statues, the stone wall is strong;

Like a huge stamp,

the ruling class will just release, while gathering uncontrollable energies;

Though burning incense, people may not receive blessings downwards.

雲崗と敦煌、先にどちらへ向かおう

巨大な仏像、その背後には硬い石壁がそびえる

大きな印判のようである

統治階級はただ解き放ち、制御不能な潜在エネルギーをかき集め
ているだけだ、

百姓は線香を供えるが、福はちっとも訪れないだろう

운강으로 갈 것인가, 돈황으로 갈 것인가

거대한 불상 뒤엔 단단한 석벽이 있다

이는 하나의 커다란 도장과도 같다

지배계급은 잠재적인 조종할 수 없는 에너지를 모으고 내보낼 뿐이다

백성들이 향을 피우면 복은 절 때 차려지지 않을 것이다

32

高谈国家兴亡

道德沦丧

舌如弹簧，断人脊梁

话语不停地中伤

蜚短流长

Boasting national ups and downs,

They leak a truth-moral decline;

Their silken tongues, our broken backbones;

Words of slanders go on;

Gossips will last long.

盛んに国家興亡を論議し、

道徳を失う

巧言を弄し、他人の骨を折る

言葉は絶えず中傷する

あれやこれやとデマをとばす

나라의 흥망을 열띠게 의논한다

도덕은 함락되었다

혀끝은 용수철과도 같아 사람의 등골뼈를 끊는다

말은 끊임없이 헐뜯고

이것저것 낭설을 퍼뜨리다

下

篇

33

改革开放
解放思想
收回香港
心系中共中央
三十年改革发展不能阻挡

Reform and opening-up,

emancipating thoughts and

recovery of Hong Kong,

have concentrated the mass towards the CPC Central Committee;

For three decades, reform and development is resistible.

改革開放

思想解放

香港回収

心は中国共産党中央政府につなぎ

三十年の改革による発展は誰にも止められない

개혁 개방하여

사상이 해방됐다

홍콩을 도로 찾게 되었지만

마음은 중공중앙에 묶였다

30년의 개혁발전도 저애할 수 없는 것이다

往昔风光

常闻汉唐

嘉祐盛况

缅怀圣贤帝王

两千年荣辱延伸似梦一场

Our past glories,

were frequently heard, in Han and Tang Dynasties;

In the golden era of Emperor Jiayou (North Song Dynasty),

recalling ancient saints and monarchs,

Like a dream, there comes and goes, 2000-year honor or disgrace.

かつての光景

漢・唐王朝がよく耳にする

そして嘉祐の盛況

聖賢や帝王たちを偲び

二千年の栄辱はまるで一夜の夢の様だ

옛 영광을 빌려본다

한나라와 당나라를 자주 들어봤다

하늘이 내려주는 행운에 규모가 크고 열렬한 장면이 펼쳐진다

성현과 제왕을 회고한다

2000년간의 영예와 치욕의 확장이 꿈과도 같다

35

城市都在提升新形象
高呼揭开历史新的篇章
那就会出能拆敢建的市长
不惜把子孙的钱一块儿花光
他们还得为我们烧纸进香

Chasing for new images,all cities
are trumpeting historically new chapters;
Then emerge terminators for old cities, such mayors,
who dare to play out the money of our descendants,
who still have to worship us.

都市は皆新たなイメージアップを図っている
歴史の新たな一章を切り開くと高らかに叫ぶには
強制撤去も新ビル建設もやってのける市長がでるはず。
子孫たちの金を一気に惜しまず使い尽くし
それでも彼らは私たちに紙銭を焼き線香をあげねばならない

도시는 모두 새 이미지로 진급한다
역사의 새로운 장을 펼치라고 크게 외친다
그렇게 하면 감히 부스고 지으려는 시장이 나타난다
자손의 돈까지 같이 써버리는 것을 아끼지 않을 뿐만 아니라
우리를 위해 종이를 태우고 향을 사르고 참배해야 한다

下

篇

聖・ソフィア聖堂

36

重庆建在了山上
楼房就像方桩
夜晚——山通体灯火辉煌
一剑戳两江
高墙披绿装

Chongqing City in the mountains,

has its buildings like square piles;

At night the whole mountains look glorious;

Seemingly, the Yangtze River is a sword poking two sides,

while walls alongside are in greens.

重慶は山の上に建てられている

マンションはまるで杭のようであり

夜には山全体が煌めき輝いている

ひと振りの剣が二つの川を衝き

高い壁は緑の衣装を纏う

중경은 산 위에 지어졌다

층집은 사각형 말뚝과 같다

밤이면 산 전체가 번화하고 불빛이 휘황찬란하다

높은 벽에는 초록색 잎이 자란다

37

从中央到地方
引资招商
整个华夏就是一座商场
我是真想买下长江，根本找不到所说的避风港
即便是披着袈裟的和尚

All the people in this land
are merchants.
Into a shopping mall, the whole China turns.
Out of the Yangtze River bought down, I find no safe havens,
No escape, even for monks in robes.

中央から地方まで
投資と商業を招き入れ
中国全体がショッピングホールのようになっている
長江を買収したい、しかし話に聞く風よけの港は見当たらない
袈裟を着た和尚一人さえいやしない

중앙에서 지방까지
외부기업의 투자를 유치하는 것은
전체 중화민족을 마치 하나의 쇼핑센터처럼 만들었다
난 장강을 사려했건만 안식처를 찾을 수가 없었다
가사를 걸친 스님이라도 말이다

下
篇

38

贫困的人有的在空想

有的积极向上

也在相互推搡

有的妥协退让

有的被逼良为娼

Of those poor, some are in daydream,

some on the move,

while pushing each other in jam;

Some are under concession,

while some enslaved into coercion.

貧困な人たちは空想にふける者もいれば

積極的に上を向く者もいる

同じくお互い押し合っているのだ

妥協して一歩下がる者もいれば

悪事を働くよう強いられる者もいる

가난한 사람 중 어떤 사람은 공상하고

어떤 사람은 적극적으로 노력향상하며

서로 양보하기도 한다

어떤 사람은 타협하여 물러서고

어떤 사람은 강요에 못이겨 창녀로 된다

39

凡人不可貌相
海水不可斗量
林鸟隔翠障
天顺道而无常
满足不了戈壁对水的欲望

No telling a person by his appearance,

No measuring a sea by common gauges,

Birds are separated by forest barriers,

The universe follows its path, yet with impermanence,

thus cannot satisfy the desire for water by Gobi areas.

凡人は外見によらず

海水は斗にして計りえず

林の鳥は緑の障壁に隔たれ

天は道義にかなっていて無常

ゴビの水への欲望を満たしてくれはしない

사람은 겉모습을 보고 판단해서는 안되고

바닷물은 잴 수 없으며

수림 속의 새들은 비취색의 병풍에 의해 갈라진다

대자연은 법칙에 순응하지만 정해진 규칙은 없다

고비 사막이 물에 대한 욕망을 만족시키지 못하니라

40

人类的眼光，判定事物的颜色和形状

人，容圆则圆，容方则方

有着不可忽视的力量

不可逆转的方向

终点都是死亡

You are what in your own eyes,

You make yourself with your hands.

Whichever significant powers

or irreversible directions.

Exceptionally, will end with death.

人間の目は、物事の色や形を見極める

人間の目に丸く映せば丸く、四角く映せば四角くなる。

そこには侮れない力を秘めている

不可逆の方向

その先の終点はみな死である

인류의 두 눈으로 사물의 색상과 모양을 판단한다

사람은 둥근 것을 용납하면 둥글어지고 네모난걸 용납하면 네모

나게 된다

이것은 무시할 수 없는 힘을 가지고 있다

방향을 돌리지 말아야 한다

종점은 모두가 죽음이라

41

不用表明立场

唯女子与小人难养

我渴望

死后会化作一个山冈

一动不动便可托起别人的梦想

No need to present your bottom line,

for women and meaners are really difficult to tolerate;

I am so eager to

turn into a hill after death,

thereby to uphold those dreams.

立場を表さなくてもいい

女と小心者は養い難いのだ

私は渇望する

死後山岡と化し

動かずにして他人の夢を担ぎ上げられる存在となることを

입장을 나타내지 않는

여자와 소인이 가장 다루기 힘들다

나는 갈망한다

죽은 뒤 산언덕으로 되여

꼼짝하지도 않고 다른 사람의 꿈을 들어올리겠다

聖・ソフィア聖堂

42

话要跟听得懂的人讲
不要停留在小人的身旁
他的世界要建立在你的屈服之上
你纵有摩天之剑也不会比他的匕首长
这种怪物专吃忠良

Words shall be for those who are able to understand,

with no presentation to meaners,

whose world is to be built on top of your surrender;

A Ferris vertical sword of yours, cannot excel the length of his dagger,

for such monsters eat nothing but the righteous man.

話は聞いてわかる人と話すべきだ
小心者のそばに留まってはいけない
彼の世界はあなたの屈服を前提に成り立つ
たとえ君が天まで届く剣を持っていても、彼のナイフの長さに劣
るだろう
この手の化け物は特に忠良を食らうのだ

말은 알아듣는 사람한테 해야 한다
소인의 옆은 머물지 말아야 한다
그의 세상은 당신의 굴복 위에 지어져야 한다
당신한테 하늘에 닿는 검이 있을지 언대 그의 비수보다 길지 못하다
이런 괴물들은 충성스럽고 선량한 사람들만 먹는다

聖・ソフィア聖堂

43

不用假装
你是多么的宽宏大量
你的鼠肚鸡肠
贪婪的欲望
死后嘴巴也会大张

No affectation

to show how generous you are.

For your tiny greed,

along with other desires,

will be leaked out, through your big mouth, even after death.

自分がこんなに懐が深いように

みせかけしなくていいよ

君の度量の小ささ

むさぼりたがりの欲望

死んだ後も口を大きく開くだろうね

거짓을 꾸밀 필요가 없다 ,

당신은 얼마나 관대한가

당신의 도량이 좁아 사소한 일만 따지고 전체 국면을 생각하지 않는

탐욕스런 욕망이

죽은 뒤에도 입을 크게 벌려지게 할 테니

44

人性里有怜悯悲伤

不会有尊贵高昂

通过假借外物改变人眼认识的模样

即便是原本事实的真相

人性正逐步消亡

Mercy and grief in humanity

are neither noble nor lofty;

If, changing any image in human eyes by external objects,

then, even the truth indeed,

such humanity is gradually coming to end.

人間は本性に憐憫悲哀を併せ持つ

高貴も尊大もない

外界の存在を借りて、人間の目に映る物の形を変える

たとえ本来の事実の真相でさえも

人性は、徐々に滅びの道を歩んできている

인성엔 연민과 상심이 있다

존귀와 높이 떠받드는 것은 없다

외계물질을 빌어 사람이 알고 있는 모양을 개변하려고 할지 언대

원래 사실의 실상이라고 한들

인성은 점차적으로 멸망되리라

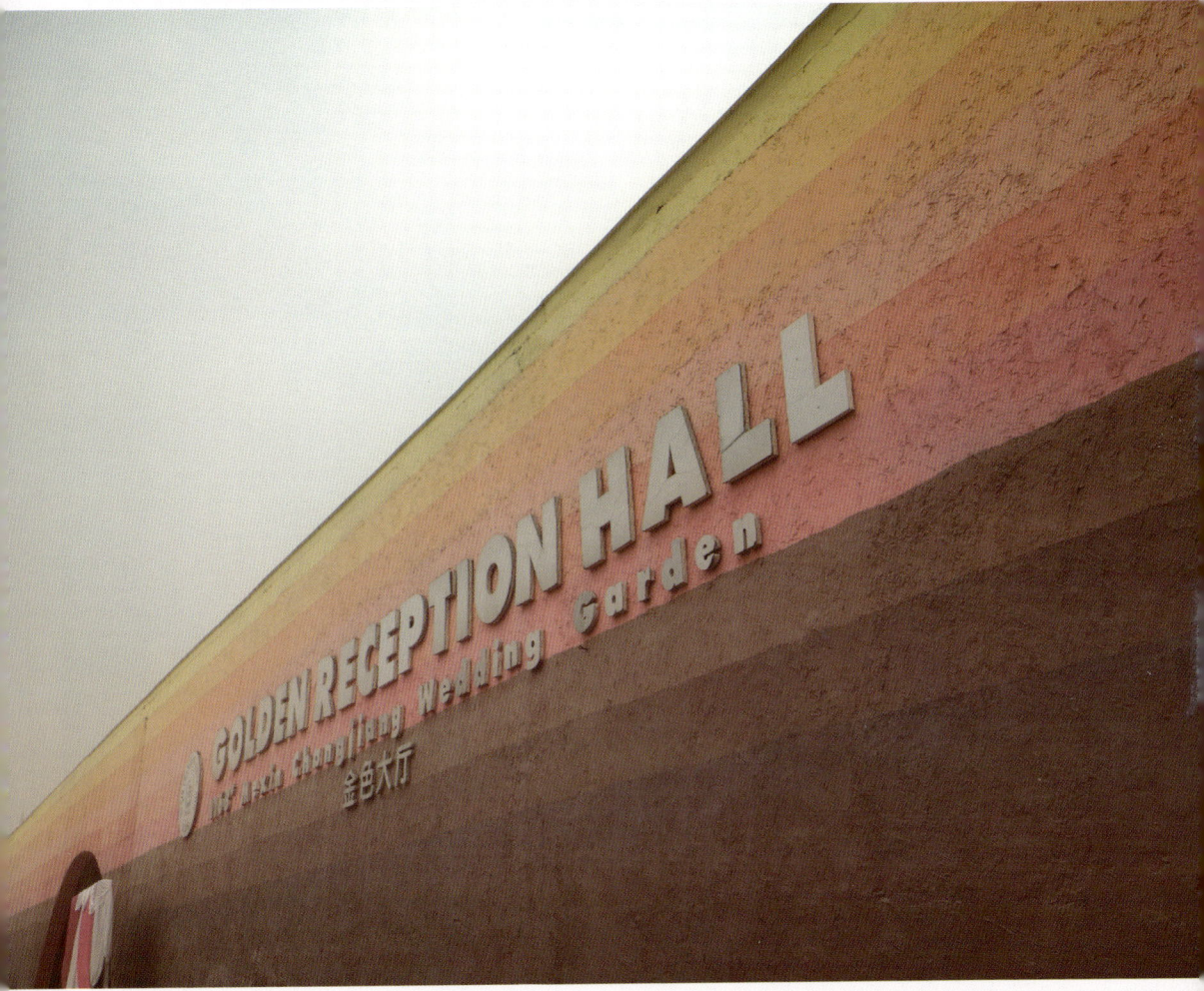

45

父母的言行让我变得有了教养
父母的耐心让我学会了飞翔
他们的爱让我明白了人生不会是简单的生死存亡
也不是无所畏惧的轰轰烈烈一场
人终会隔着阴阳

Parents have cultivated me,

Parents have taught me to fly with patience,

Their love taught me that, life is not simply to live or die

or a round of fearless affairs,

for people eventually will be separated by the death.

両親の言動により私は教養を覚えた
両親の気長さは私に飛びかたを教えた
彼らの愛は、私に人生が決して簡易な生死存亡にはとどまらない
そして、何一つ恐れないドラマチックな何かでもないとわからせ
てくれた
人間はいつか生死により隔たれる

부모의 언행은 나로 하여금 교양 있게 변하게 하였다
부모의 인내심은 나로 하여금 비상을 배우게 하였다
그들의 사랑은 나로 하여금 인생은 간단한 생사존망이 아니라는
걸 알게 했다
또한 아무것도 두려워할 바가 없는 줄기찬 인생도 아니라고
사람은 결코 음과 양을 사이 두고 있었다

我们不能选择生下来会仪表堂堂

死的时候一定要端正美名远扬

不白来人间一趟

死猪不怕开水烫

天怜善人得孝心而良

We cannot choose a birth of nobility,

nor death of dignity.

For a worldly trip not in vain,

you shall never give in.

God blesses kind and filial men!

私たちはきらびやかな出生を選ぶことはできない

なら、死ぬときは必ず美名遠くまで響くようにしよう

せっかく人の世に生まれてきたのだから

飢えたる犬は棒を怖れず

天は善人を憐れみ、人の心は孝行心をもってして良くなる

우리는 좋은 출생을 선택할 수는 없지만

죽을 땐 반드시 단정하되 명성을 널리 떨쳐야 한다

인간세상에 헛걸음되지 않게 말이다

죽은 돼지는 뜨거운 물에 데우는걸 무서워하지 않고

하늘은 착한 사람을 귀하게 여기니 효심이 있어야 한다

47

每个人都会有自己的爹娘
每座院落都会有自己的房
每座房都会有自己的上符梁
每个村总会有觅魂巷
故唯有孝道才能为人保驾护航

Everyone originates from parents;

Each room belongs to a courtyard;

Every room has its own crossbeam;

Every village has an alley for wandering souls;

Eventually, nothing but filial duty can provide human with blessings.

あらゆる人はみな自分の親をもつ

あらゆる屋敷はみな自分の部屋を持つ

あらゆる部屋は自分の付け梁を持ち

あらゆる村には、魂巡りの巷がある

だから、親孝行の道のみが人を守り抜けるのだ

매 사람은 모두 자신의 부모님이 있다

매 정원은 모두 자신의 집이 있다

매 집은 모두 자신의 대들보가 있다

매개 마을은 떠돌아다니는 혼을 부르는 좁은 거리가 있기 마련이고

그러므로 반드시 효도를 할 줄 알아야 다른 사람을 보호하고 배려

할 수 있느니라

聖・ソフィア聖堂

48

要说国家也学会避其锋芒
那干脆让流氓学会嫖娼
原本是忠厚善良，道德高尚
被现实扭曲成魑魅魍魉
驴唇不对马嘴的四不像

Say, if a country has learned to avoid its edge,

then simply teach hooligans with prostitution;

Originally the honest and kind, with noble morality,

now are distorted by reality into demons and monsters,

such grotesques of wrongs.

国も鋒鋩を避けることを学んだというなら
いっそチンピラどもに買春を教えてしまうがいい
本来は忠厚にして善良、道德高尚であったのに
現実に捻じ曲げられ魑魅魍魎と化してしまった
これではつじつまの合わない、何一つ似通わない「シフゾウ」だ

나라도 칼끝을 피할 줄 알아야 한다면
차라리 깡패보고 창녀와 노는 것을 배우라고 하겠다
워낙 충직하고 선량하며 도덕이 고상한 것이
현실에 의해 온갖 나쁜 사람으로 왜곡되었느니
당나귀입술이 말주둥이에 맞지 않는 사불상이 되어버렸다

下

篇

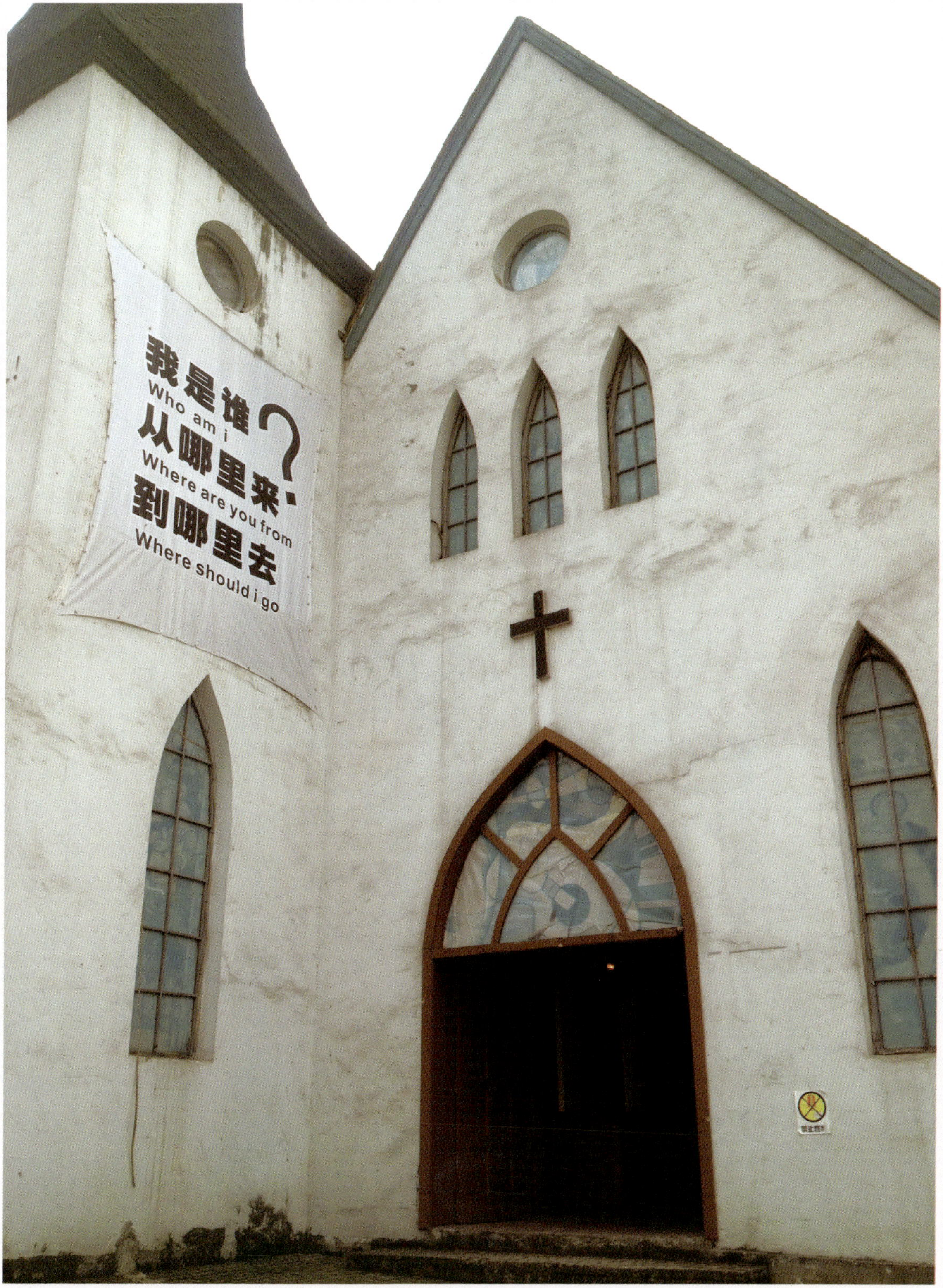
我是谁
Who am i
从哪里来
Where are you from
到哪里去
Where should i go

49

天皇，首相，还是诸位列强

竟还分不清友邦，还想打仗，

那次我们真是穷的叮当，你还抢了我们个精光

这次我们手里有枪，

还带着激光，自取灭亡

Mikado, Premier or other powers

want to fight, even with the confusion of allies and fiends;

We were really poor, and you really seized us,

But this time we have guns

along with laser weapons, for your suicidal death.

天皇、首相、それとも列強もろもろ

友好国を見極めることもできず、戦争までしようとする

あの時私たちは確かに貧しかった、それなのに一つ残さず奪い取

ったな

今度、私たちは銃を持っているぞ

レーザービームまでついている、お前たち自ら滅びの道をたどるのだ

천황 , 수상 , 그리고 열강 여러분

놀랍게도 우방을 몰라보고 싸움까지 하려고 든다 .

그땐 우리가 정말 가난했지만 당신은 우리를 깔끔히 털었지

이번엔 우리 손에 총이 있고 ,

레이저도 있어 , 멸망을 자초하라

50

人不能安于现状

让爱情远离高尚

美好在不经意中成长

自然界有羊

自然会有狼

Where, being content with the status quo,

Far from nobility, you then will let love go;

Inadvertently, wonderful things grow into;

Where there are sheep in the nature,

Naturally, there will come wolves in future.

人は現状に満足してはいけない

愛を崇高から遠ざけよう

すばらしいものは不意に成長するものだ

自然界には羊もいれば

当然オオカミもいる

사람은 현 상태에 머물러 있으면 안 된다

사랑이 고상함을 멀리 하게 해야 한다

행복은 무의식간에 커간다

자연계에 양이 있으면

자연스럽게 늑대가 있기 마련이다

51

你那简单的模样
你那厚厚的伪装
变成任人宰割的羔羊
每次托词不要说糊涂精神不正常
跌跌撞撞

Your simple appearance,

You thick camouflage,

become lambs under a slaughter;

No excuse for your confusion or mental illness,

for you are stumbled each time.

あなたのその単純な外見

あなたのその分厚い偽装

全てがなされるがままの俎上の鯉となる

いつもの言い訳、わけがわからない精神異常など言わないでくれ

ふらふらとぶつかってばかりだ

당신의 심플한 모습

당신의 두툼한 가식

아무에게나 유린당하는 어린 양으로 되여

번마다 구실을 찾아 어리석으니 정신이 불정상이니 말하지 말라

비틀비틀

52

顺我者，昌
逆我者，亡
顺理成章
把自己的心灯点亮
为生命导航

Obey me, you flourish;
Disobey me, you perish;
So logically.
Enlighten your own heart lamp
to navigate your own life.

我に順ずる者、さかえよ
我に逆らいし者、は滅びよ
全ては筋書き通りである
自分の心のともしびに明かりをつけよう
命のために道を指し示そう

날 순응하는 자는 창성하고
날 거스르는 자는 멸망한다
자연에 순응하면서
자신의 마음에 불을 밝혀
생명의 내비게이션을 만들라

下

篇

聖・ソフィア聖堂

53

聪明伶俐各式各样

万物抱阴而负阳

该来的始终不能阻挡

该走的又不知从何而往

众心所向

Variety of cleverness and quick-wittedness,

Everything facing Yin on the back to Yang.

The preordained coming is irresistible,

The preordained leaving doesn't know the destination,

Follow everyone's heart, a natural progression.

聪明利口にも色々なパターンがある

万物は陰と陽両方を兼ね備えている

来るべきものはどうしても拒めず

去るべきものはまた行く末を知らず

皆の心の向かう先は、筋書き通りに

똑똑하고 영리하며 각양각색이다

만물은 음을 안고 양을 등진다

올것은 막지 못하며

갈것은 어디로 왔는지를 모를지어다

뭇 사람이 기대하는 바와 같이 이치에 맞게

54

人活着要勇敢坚强

不要太多计较真伪虚妄

人类不知是相仿还是争抢

我们都是为了到达属于自己的另一个地方

那里不再拥有太阳，月亮

One should live with braveness and strong will;

Don't bother truth or falseness much;

For imitation or scrambling,

We are heading to another place of ourselves,

With no Sun or Moon any more.

人が生きるためにはまず強く勇敢であらねばならない

余り多く真偽虚妄にこだわるべきではない

人間は似た者同士なのか奪い合っているのかはわからないが

皆自分に帰属するもう一つの場所にたどり着くため努める

そこにはもう太陽も、月も無い

사람은 용감하고 강하게 살아가야 한다

진짜와 가짜를 너무 따지지 말아야 한다

인류는 비슷한지 쟁탈하는지

우리는 모두 우리의 또 다른 곳에 이르기 위함이다

그곳에는 더 이상 해와 달을 소유하지 않는다

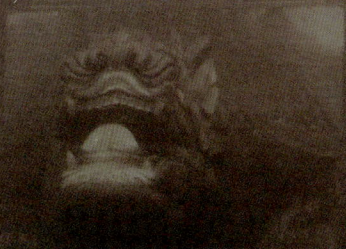

55

熟悉的胡思乱想
成功喜悦已不能分享
没有人会被冤枉
我们选择坚持梦想
国家才不会沉沦才会有希望

Familiar fantasies,

Joy of success couldn't be shared;

None would be wronged;

Only when we stick to the dream,

Could the country be prospective instead of fall.

懐かしい勘繰り

成功の喜びはもはや分かち合うことは叶わない

もう誰も無実の罪に問われることはない

私たちは夢を貫く選択をする

だからこそ、国家が落ちぶれなく、希望が現れてくる

익숙한 허튼 생각에 빠진다

성공의 희열은 이미 나눌 수 없게 되였다

억울함을 당하는 사람이 없다

우리는 꿈을 견지하는걸 선택하리다

나라가 타락하지 않아야 희망이 있다

下

篇

56

我们的存在是上帝赐予万千世界流动意识的共同情场
花儿尽情绽放
鸟儿也在自由飞翔
小虫也在欢乐歌唱
人类也在繁衍消亡

We exist for the flowing consciousness bestowed by God;

Flowers in full blossom;

Birds flying freely;

Worms singing cheerfully;

Human busy with reproducing and perishing.

私たちの存在は、神よりこの幾千の世界に賜りし流動する意識の
共同情場である
花は存分に咲き乱れ
鳥も自由に飛び交っている
虫たちも楽しげに歌っている
人もまた滅亡のはんえんに励んでいる

우리의 존재는 하나님이 만천세계에 움직이는 의식을 부여해준
공동의 애정세계이다
꽃들은 마음껏 피어나고
새들은 자유롭게 날아다니며
벌레들은 즐겁게 노래하고
인류는 번식하고 멸망한다

尾　篇

57

我的世界是不是还在死的黄泉路上
她们就是度我过岸的黑白无常
来一碗孟婆汤
多放盐少加糖
没打算向命运投降

Am I on the way to death?

They are the Black and White Vriables bringing me to the other side;

A bowl of Mengpo soup,

More salt and less sugar,

no intention to surrender to the destiny.

私の世界はまだ死の黄泉路にあるのではないだろうか
彼女たちは、私を向こう岸に渡らせる黒白無常なのだろう
全てを忘れさせてくれる孟婆湯をくれ
塩は多めで、砂糖は控えめ
運命に降伏するつもりは無いのだけれど

우리의 세상은 아직도 죽은 황천길에 있는지 ?
그들이 바로 나로 하여금 강을 건너게 하는 저승사자이다
맹파탕 (저 세상으로 갈 때 마시는 탕) 한 그릇 주게
소금 많이 넣고 사탕 적게 넣게
운명에 항복할 생각이 없다

尾
篇

58

也不曾打算人间重走一趟
我要直面阎王
人不能过于假装
身在名利场
多少也得搞些名堂

Also not plan to be human again,

Face the King of Hell directly;

Not ought to disguise much;

In the vanity fair,

Should try to make some difference.

もう一度人生をやり直したいとも思っていない
閻魔大王と直面しよう
人は過度に偽装するべきではない
ただヴァニティ・フェアに身を置く限り
多少の小細工は必要だろう

인간세상을 다시 한번 걷는 타산도 없다
난 염라대왕을 직접 만나겠다
사람은 너무 가식적이면 안 된다
이 몸은 명예와 이익을 추구하는 장소에 있지만
어떻게든 성과는 있어야지

尾
篇

59

你坚信你和别人不一样

请选择孤独和疯狂

因为这样更适合天才成长

你如果要选择飞翔

先坚信你可以长出翅膀

If convinced you are unique,

Choose loneliness and craziness;

More likely to grow as genius;

If wish to fly,

Believe you could have wings first.

君はほかの人間と違うと固く信じている

孤独と狂乱を選んでくれ

そちらの方が天才の成長に合っているから

飛び立つことを選ぶなら

まず自分に翼が生えることを信じることだ

당신은 당신과 다른 사람이 다르다는 걸 굳게 믿는다

고독과 발광을 선택하라

이것이야말로 천재의 성장에 더욱 적합한 것이다

당신은 비상을 선택했다면

먼저 당신한테 날개가 자란다는 걸 굳게 믿어야 한다

尾

篇

聖
・
ソ
フ
ィ
ア
聖
堂

60

记得夜里要抬头仰望
会有点点星光
让黑夜变得美丽安详
我们受到不同人的影响
做人做事不太一样

Remember to look up in the night,
There must be shining stars,
Make the night charming and serene;
Influenced by different people,
We live in different ways.

忘れないで、夜には空を見上げること
星の光がつぶさに点在し
暗夜を美しく穏やかなものにしてくれる
私たちは違う人たちに影響され
人となりも仕事の仕方も少し違っているね

밤엔 고개 들어 멀리 보는걸 기억하라
반짝거리는 별빛이 있을 것이다
어두운 밤을 더욱 아름답고 조용하게 한다
우리는 부동한 사람의 영향을 받는다
처신과 처세가 좀 다른다

尾

篇

聖・ソフィア聖堂

61

我所去过的地方
芬芳的依然芬芳
肮脏的依旧肮脏
犯了错误都会理直气壮
若是原谅———显得宽宏大量

The places I have been,

Fragrant as it was,

Dirty as it was;

Bold and straightforward despite of mistakes,

Generous if forgive.

私が行ってきた土地は
香り豊かなところは相変わらず香り豊かで
薄汚いところは相変わらず薄汚い
間違いを犯しても堂々としている
許してしまえば懐が深いように見えるだろう

내가 간적 있는 곳은
향기로운 것은 여전히 향기롭고
더러운 것은 여전히 더러울 것이다
잘못을 범해도 당당한데
용서를 한다면 더욱 관대해지겠지

62

伊犁拿到了神的权杖

戈壁荒原无法抵抗

被披上了厚厚的绿装

圣骑的牧场，山上到处是自由的牛羊

大地虔诚的像是永久的投降

Yili has got the divine wand;

Irresistible for Gobi and wildness,

To be covered by heavily green;

On the meadows and hills are cattle and sheep everywhere;

The land is so devout as if surrender permanently.

イリは神の杖を手に入れた

荒原はゴビの抵抗できず

分厚い新緑の装いをかぶせられた

聖なる騎獣の牧場、山は隅々まで野生の牛羊であふれている

大地はまるで永久の降伏のように敬虔である

이리는 신의 지팡이를 갖게 되었다

황량한 자갈사막은 저항할 길이 없었다

투툼한 파란 잎을 걸치게 되였다

신성한 목장 곳곳마다에는 자유로운 소와 양들이 있다

대지의 경건함과 정성스러움은 원원한 투항같았다

63

个个被旋入职场

这里绝不会是什么乌托邦

我是一副好心肠

知难而退就好胆小窝囊

挤上了死亡快车道———吓得筛糠

Involved in career,

This is not Utopia;

Kind-hearted I am,

Coward and shrink back from difficulties,

Shocked to trembling.

仕事場に舞い戻らされた

ここはユートピアなどではない

私は人がいいから

難を知って身を引く善良な弱虫だから

怖がってぶるぶると震えてしまう

직장에 휘말려 들어간다

여긴 가장 이상적인 사회 따위가 아니다

난 좋은 마음을 가졌지만

형세가 불리해지니 알아서 물러서는 패기 없고 나약한 사람이다

놀라서 몸을 떨기까지 했다

聖・ソフィア聖堂

64

如果魔鬼混进了政党
站在高高的殿堂，手握权杖
撬开了地狱的牢房，天堂也会被晃荡
简单的像被握住了命运的裤裆
没人会去反抗

If the demon sneaks into political party,
Holding the mace highly in the hall,
Levering the prison in hell would shake the heaven,
Simply as if fate has been captured,
None would oppose.

悪魔が政党に紛れ込んだなら
高い高い殿堂に立ち、権利の杖をにぎる
地獄の牢屋をこじ開け、天国も揺らぐだろう
まるで運命の股間を握られたように簡単だ
誰も抗いはしない

만약 마귀가 정당으로 섞여 들어와
높디높은 전당에 서서 손에 지팡이를 휘여잡은 채
지옥의 감옥문을 열면 천당도 이로 인해 흔들거린다
간단히 말하면 운명의 바짓가랑이를 움켜잡힌 것처럼
아무도 반항하지 않을 것이다

尾
篇

65

这座城市物质欲望的无限制膨胀
正好填补缺失的精神信仰
到了意识世界的洪荒
父母创造精神世界的方框
正在自动剥落片片消亡

Infinitely increasing material desire in the city,

Just fill in the blanks of spiritual belief;

In the flood of consciousness,

The frame of the spiritual world set by parents,

Automatically perishing slice by slice.

この街の物欲は無限に膨張する

失われた精神信仰をちょうど補うことができる

意識世界の太古時代になった

両親が作り上げた精神世界のフレームが

今自ら剥がれ落ちはじめ滅びかけている

이 도시의 물질적욕망이 무제한으로 팽창한다

마침 결여된 정신적인 신앙을 보충할 수 있다

의식세계의 혼돈 몽매한 상태에 달하면

부모가 정신세계의 틀을 창조하는데

마침 자동적으로 쪼각진 멸망을 벗긴다

66

会有一个地方
夏天晒得令人化汤
冬天冷得让人冻僵
古怪空谷铮铮巨响
裸露出地狱的外墙

There would be a place,

Summer burns people to liquid,

Winter freezes people stiff;

Blare from the peculiar empty valley,

Exposed the exterior wall of hell.

こんな場所があるはずだ

夏は溶けるように日差しが照り

冬は凍えるように寒く

怪しげな峡谷は轟音を立て

地獄の外壁がさらけ出される、そんな場所が

그러한 곳이 있을 것이다

여름이면 빛에 쪼여 국으로 되고

겨울이면 추워서 꽁꽁 얼어붙게 하는

괴상한 인적이 드문 산골짜기에서 굉음이 생긴다

지옥의 바깥쪽의 벽을 노출한 채로

尾

篇

聖・ソフィア聖堂

67

可能我一直在想
无论你是我前世记忆中的凤凰
还是幻化成与我相恋的美丽姑娘
我却始终不能拥有自己清晰的模样
只能带着记忆的干粮随风飘荡

I might have been thinking,

No matter you are the phoenix in the memory of my previous life,

Or magically changed to my beloved girl,

I could not seize the clear appearance of myself,

Only drifting in the wind with memory.

私はずっと考えているのかもしれない

あなたが私の前世の記憶の中の鳳凰であっても

あるいは私と愛し合う美しいお嬢さんに変化しても

私は始終、はっきりとした自分の形を持つことができない

記憶という糧を携え、風に乗って浮浪するのみだ

난 항상 생각하고 있었던 것 같다

당신이 내 전생의 기억 속의 봉황이든지

나와 연애하고 있는 어여쁜 여인으로 화신되어 있는지를 막론하고

난 여전히 자신의 뚜렷한 모습을 가질 수가 없었다 .

오직 기억의 비상식량을 지닌 채로 바람 따라 흘날릴 수밖에

尾
篇